KB077433

우리들의 새벽

우리들의 새벽
강희근 시집

초판 인쇄 | 2008년 11월 05일
초판 발행 | 2008년 11월 10일

지은이 | 강희근
펴낸이 | 신현운
펴는곳 | 연인M&B
디자인 | 이회정
기 획 | 여인화
등 록 | 2000년 3월 7일 제2-3037호
주 소 | 143-874 서울특별시 광진구 자양동 680-25호.(2층)
전 화 | (02)455-3987 팩스 | (02)3437-5975
홈주소 | www.yeoninmb.co.kr
이메일 | yeonin7@hanmail.net

값 7,000원

ISBN 978-89-6253-013-1 03810

우리들의 새벽

강희근 시집

연인M&B

6개월 만에 또 한 권을 묶는다. 열네 번째 시집이다.

일상이 일상인 채로 시를 찍어 올리고, 시는 줄을 서서 제자리를 부담없이 찾아 앉는다. 나의 시는 책으로 나오는 월간지나 계간지에 들어갈 군번으로 쓰여지지 않는다.

사이버 공간에 앉을 자리는 이미 예약되어 있고 독자들은 그 공간에서 클릭 하나로 만날 수 있다.

그러나 내 시는 그 새로운 공간을 누비는 야생조수나 밀림의 풍상 같은 것으로 개량되거나 진화한 것도 아니다. 그저 시가 일상에서 일상이 내는 속도를 따라 제 길을 충실히 달려온 것일 뿐이다.

앞으로 시간이 흐르면서 시도 함께 흘러서 자연스레 개량의 고도(高度)를 맞추게 될지 나로서도 예측할 수는 없다. 나의 시는 그냥 일상이다 아니 일상의 등가물이다.

이번 시집은 순전히 외우(畏友) 문효치 이사장(국제펜클럽)의 도움으로 나온다. 나는 그에게 빚 투성이다. 갚을 생각을 하면, 캄캄하다.

2008. 10.
주약동 연구실에서 강희근 씀.

제2부 겨울 진주성

제3부 고별 강의를 앞두고

제4부 중국 기행

제1부 하일면

라면

라면을 먹으러 학생식당*으로 간다
노서관 지나 교양동 지나
가벼운 걸음 학생식당으로 간다
밥은 언제 어디서나 먹지만 먹을 때마다
먹을 게 없나 궁리하는 것,
오늘은 혼자다 점심 한 끼 때운다는데
무엇으로 때울까
입을 것 다 입고 나오라 하던
일기예보 통보관 말 들으며 두꺼운 외투까지 입고
나왔지
마음은 입은 옷 달리
가벼운 캐주얼로 내달리는데
그렇지 캐주얼 식단 중에는 라면이 으뜸이야
휘파람 불며 길 건너 학생식당으로 간다
오, 라면
그대 얽힘이 칡보다 지독히 켕겨 있지만
냄비에 들어서면 냄비의 침묵을 깨고
냄비의 뜨거움 따라 세상 뜨거움으로 풀린다
뜨거움이 다시 뜨거움으로 풀리면 우리의 입에
와 닿는 감동의 면날이어,
그대 언제나 하나로 오는 맛, 일구월심 한 번
맺아 불변하는 사랑이다

오늘은 혼자, 혼자이고도 눈높이로 진실을 만나는 날
라면을 먹으러 학생식당으로 간다
무너질라 로우스쿨 신축 공사장 지나
느티나무 촘촘한 길 학생식당으로 간다

* 학생식당: 경상대학교 학생식당 중 농생명대 학생식당을 말함.

화순군 동복면 구암리 창원 정씨 사랑채*

난고(蘭皐) 선생
그대 발등에 님모르는 한 없고 다녔다
마을 마다 집집마다
문전걸식으로 다니다 문전시(門前詩)*를 읊조렸다
그러다가 선생
이 마을 이 집 사랑채에 와서 눈비처럼 와서
그대 고단한 19세기의 창을 닫았다
아, 이 나라의 밥때와 이 나라의 연기와 이 나라의
풍경이 여기에 와
일제히 멈추었다
그대 할아버지와 아버지, 어머니와 형
그대 아내와 자식들
가계(家系)의 눈물도 여기에 와 유랑의 길 멈추었다
완성이여

19세기, 천형 같은 보속(補贖)의 봉오리여!

 * 김병연(김삿갓, 1807-1863)이 천하를 방랑하다가 이 집에서 병을 얻어 운명함. 그곳에 '김삿갓 終命 初墳 遺跡地' 빗돌이 서 있음.
 * 문전시(門前詩): 김삿갓이 걸식하고 시 쓰고 다녀서 문전에서 느낀 소회가 시의 중심을 이루고 있어 필자가 그렇게 붙여 본 것임.

운주사 인연

햇살이 살래살래 꼬리치는 데로 가면
운주사에 이른다
운주사 천불 천탑에 이른다,

도공들이 찍다가 잘못 찍은 부처들이 기다리고 있다
도공의 도제들이 쪼다가 잘못 쫀 탑들이 기다리고 있다

구겨진 부처보다 더 귀한 사람들 기다리고 있다
묵정밭에 잡풀 같은 크기 일그러진 탑
탑신보다 더 귀한 사람들 기다리고 있다

그대 걷는 길의 발끝
발끝에 와 닿는 천겁(千劫)의 햇살 보라

햇살이 살래살래 꼬리치는 데로 가면
운주사에 이른다
화순군 천불산 운주사에 이른다,

잘가거라 그늘

—진주MBC 사보 송년시

잘가거라 그늘이여
우리들의 그늘이여
빛이 있는 곳으로 빛이 되는 마음으로
한 해도 무던히 달려왔다
내가 만지던 물건이 빛이 나는가,
내가 쏘아올린 화살이 빛으로 가 꽂혔는가,
내가 그대를 사랑한다는 이름으로 무던히도 퍼부었던
나의 빛나는 열정,
그것이 열정이지만 아로새겨지는 무늬의 끝자락이
때로는 침침하다
때로는 칙칙한 그늘이다
잘가거라
그늘은 대문도 없고 울타리도 없고, 아니다
담장을 넘고 문짝들 따고 도둑처럼 왔었다
내가 빛으로 가고자 하는 길이 빛이라는 걸
늘 그늘이 와서 가르쳐주고
그늘이 오면서 족보를 이루면서, 생몰의 연대기를
스스로 기록한다
잘가거라 그늘,
우리는 해가 다가도록 이룬 것이 없다고 하지만
이룬 것의 뒷면에 귀신처럼 붙어 있는
그늘이 언제나 난장이다
이제 내가 여기까지 왔으므로 나의 그늘이
분명하다

우리들의 그늘이 손 안에 와 잡혀 있다
밝아오는 새해,
새해만으로 그늘은 그의 집으로
그의 오던 곳으로 돌아가리라
이제 나는 나의 말에 순금의 빛을 주리라
나의 사상의 작은 그릇에 녹슬지 않는 빛, 달아나지
않는 우리들의 빛을 담으리라
아, 새해가 오고 있으므로 우리들은 다시 따뜻하다
눈이라도 내리면
더욱 포근해지리라

자면서 시 쓰기

자면서 시를 쓴다
시상이 어디로 가고 없을 때
어디로 가서 한 시간 이상 이빨을 보이지 않을 때
자다가 시상을 만나게 된다

자다가 시상을 만나면 대개가 만족이다
만족이면서 대개가 미완성이다
연과 연의 구별이 자연스러우나 도무지
낭송이 리듬을 갖고 흐르지 않는다

별난 일이라 생각하며 시를 쓴다
눈 뜨고 쓰는 시간보다 몇 배의 시간이 더 필요한
자면서 시 쓰기

그러나 시는 쓰여지고 입술은 간간이, 아주
간간이
움직이는 행복한 시각이다
시간의 울타리 풀고 있는 자리의 울타리 풀고
남북도 풀고 돌다리도 풀고
안 되는 것 안 풀리는 것 없는 만족의 나라,

자면서 시를 쓴다
윙 윙 윙 귓전에 바람이 분다
시어들이 신발 벗고 뛰어오는 소리

저희끼리 부딪치는 소리
보이지 않던 형상이 탈 벗고 달려오는 소리
소리의 백화점 시를 쓴다

바겐세일, 받아 적어라 시를 쓴다

연말

일과 일 사이
물 한 잔 놓지 못하는
일과 일 사이
술 한 잔 놓지 못하는

일과 일 사이 지뢰 하나 놓지 못하는
일과 일 사이 평화 한 뼘 놓지 못하는

일과 일 사이 침묵 한 톨 놓지 못하는 일과 일 사이
고독 한 홉 놓지 못하는

일과 일 사이 기도 한 줄
놓지 못하는
일과 일 사이 참선 한 대 놓지 못하는

보아라 일과 일 사이 그대다! 그대 눈썹 한 필 놓지 못하는……

수동을 지나며

차를 타고 함양군 수동면을 지나면
어김없이 김골롬바씨 생각이 난다
천사 같기도 하고
아프리카 빈민촌에서 주름을 만들다 나온
마더 데레사의 기도 같기도 한 사람

그가 수동초등학교 가을 운동회 때 입었던
곤색 운동복
수동 일대 쫙 깔린 저녁 연기에 묻어 있다

들녘이 따뜻하다
어둡고도 어둡지 않은 저녁이
그의 어린 시절의 책보 속 필통 소리를 낸다
보자기에 싼 도시락의 수저 소리를 낸다

차를 타고 함양군 수동면을 지나면
김골롬바씨의 유년이 금방 자라서
대운동회의 만국기 깃발 같은 것이 자라서
그의 기도와 그의 착한 사랑으로
수동면 저녁 하늘에 어스름 달 하나 떠 있음을 본다

차는 어느새 수동면을 흘러 놓고도
수동면 들머리로 이제 막 들어서고 있다

하일면*

1.
하일면에 선생이 계시고
저녁은 따뜻하다
오늘은 먼 데서 벗들이 와 함께 오면서
선생댁으로 드는 길을 잃었다
시간을 길에다 쏟아 놓고 오는데도
자란만은 우리를 맏형처럼 나와 기다리고 있었다

2.
코 앞에 다가와 있는 섬들은
지워지지 않기 위해 벌써 불빛 몇 개씩 내다 걸었다

천하일경이라 하지만
일경도 선생의 이야기 듣다가 취하다가
한 토막 제일 재미난 것 호주머니에 넣고 있다

언제나 그렇다 선생댁에는 시간이 불청객으로
문 밖에 와 서성이고 있다
지금은 오면서 쏟아 놓은 것들
하일면이 면사무소 앞길에서부터 내내 붙들고 있다가
퇴근 시간이 되어
풀어준 것이다

3.
탓하지 마라 하일면에 선생이 계시고
저녁은 이야기처럼 따뜻하다

* 하일면: 경남 고성군에 있는 면 이름.

관문

단성은 덕산골 드는 관문이다
휴천은 마천골 드는 관문이다
횡천은 청학동 드는 관문이다

관문으로 들어가면 덕산골이 관문이다
관문으로 들어가면 마천골이 관문이다
관문으로 들어가면 청학동이 관문이다

오, 관문은 관문을 낳고
그 관문은 다른 관문을 낳고
다른 관문은 또 다른 관문을 낳는다

내가 그에게로 가면 그가 나의 관문일까
그가 나에게로 오면 내가 그의 관문일까

오오, 내가 그에게로 가서 내가 그의 마지막 관문이면
좋으리 언덕이면 좋으리
그가 나에게로 와서 그가 나의 마지막 관문이면
좋으리 하늘이면 좋으리

종소리

종소리를 듣고 있으면 곱추 안드레아가 생각난다
삼종을 치던 안드레아
사랑이 곱추의 허리를 펴다가 펴지 못하는 낮이나 밤
우리 교우들은 아무도 곱추를 곱추라 하지 않았다

종탑에서 울리는 소리
안드레아와 하느님이 동화 속으로 걸어 들어가는 소리
같았다
세상의 아픔이 안드레아의 등어리에 와 멈추기를
바라는,
그러나 겉으로 발설되어 나오지 않는 따뜻한 이들의
화살 기도 같았다

우리 성당 새 교우들은
안드레아의 종 치는 일이 언제 시작되었는지 모르고
사부를 따르는 수사님들이 이따금
그 앞을 지나가는 것만 바라보았다

한참이나 후에, 기도를 배우다 입에 넣고 외우다가
기도 속에도 종소리가 있다는 것을 알았다
기도 속에도 안드레아가 종을 치고 있다는 것을……

새벽에, 종소리를 듣고 있으면 곱추 안드레아가 생각난다
삼종을 치던 안드레아
어깨를 흔들며 말하던 안드레아
동화 속 같은……

귀현리 시인

시인 고영조는 어린 시절
귀현리 햇볕을 업고 다녔다
시골 귀현리의 논두렁에 쥐불로 다니는 햇볕
제 등어리에 받쳐 업고 다녔다

귀현리가 도시 창원의 발바닥으로 들어간
뒤에
귀현리에 아직 묻어 있는 햇볕이나
떨어져 나간 햇볕 물고 들어온 창원의 그늘들이
일제히 고영조의 시에 들어와
집 짓고 산다

이제 귀현리의 간지뼈는 한쪽으로 밀리고
이빨은 다 짜브라졌다
누가 사람이 희망이라 했던가,
시가 희망이다 고영조의 시 안에 지어올리는
집, 평수가 늘어나라
칸수도 늘어나라

커튼도 쳐라
아침 용지못, 까치가 하는 말이다

우리들의 새벽

산밤에 눈이 많이 내렸을 것이다
새벽창으로 눈발은 보이지 않고
눈발을 머금은 어둠이 불빛이나 개 짖는 소리
간간 데리고
밤을 넘어와 있다
이 유락마을이 절이나 스님을 잊은 지 오래다
날이 밝으면 술을 빚거나 눈을 싹 싹 쓸고
호객행위에 들어가리라
간밤 우리들의 목청은 당신의 노래방이라는 이름
안으로 쏠려 들어가
널찍하여 온몸 다 비틀어 봐야, 몸끼리 부딪치지
않는 지하에서
몇 곡 선곡을 하고 리사이틀 같은 프로 같은 양념을 쳤다
해가 솟아오르면
우리는 동학사로 가리라 눈이 쌓이고 쌓여
발이 빠지거나 빠져서 전봇대같이 서게 된다면
우리 일정은 함께 전봇대가 되리라
새벽, 간밤에 눈이 많이 내렸을 것이다
사람의 발목을 피해 은혜로이
눈이 눈썹 위에 머리칼 위에 어깨 위에 내리다가 앉다가
꼿꼿이 선다면
우리들 하루가 된다면
노을이 된다면……

피켓을 들고

피켓을 들었다
피켓은 이상한 나라 사람들의 연장인 술로
알았다
그 나라의 연장은 매우 단순했다
여남은 글자 들어갈 판대기에 팔 길이 각목 달아맨
손으로 드는
들고 서 있으면 되는 목질이었다

피켓을 들었다
피켓은 이상한 나라 사람들의 언어인 줄로
알았다
그 나라의 언어는 간결한 단문이었다
노동삼권 보장하라이거나
굴욕외교 결사반대라거나 하는, 보탤 것도
뺄 것도 없는,
손으로 들기만 하면 저절로 외쳐지는
동시에 올라갔다 내려왔다 하는
글자의 고저(高低), 선언이었다

피켓을 들었다
내가 이상한 나라 사람이 되어 연장을
들었다
사람은 한 번씩 이상한 나라의 국적을 얻는 것인가
판대기 각목의 목질 단순에다

생애의 교앙 밀어넣고 생애의 길 꼬부려
넣었다
표정은 빨간 불, 멈추어 서고
언어는 까딱 까딱 오르는 연처럼
꼬리 흔들고 있으면 되는
아아, 단문의 실천이여

피켓을 들었다
나는 납이 되었다 돌, 돌이 되었다
납보다 더 굳어져
돌보다 더 단단해져
이상한 나라의 국민으로 '오등은 자에 아' *
파고다공원 같은 데 우우 달려갔다가 왔다

입에 있는 이빨만 가지고
발에 있는 발톱만 가지고 우우 달려갔다가
왔다

* 기미독립선언서 머리부분.

새

—권기훈 교수 학장 취임에 부쳐

새는 날아가다가 서는 법이 없다
제 눈금에 들어오는 지상의 한 지점에 사뿐
내려앉을 뿐이다
새는 날다가 내쳐 만리를 가기도 하지만
만리가 제 가는 길의 마침이 아니다
그가 내려앉았다가
숨을 잔 잔 잔조리다가
다시 일어서 날개를 펴는,
날아올라 망망 하늘 제 길을 내는, 한 번도 가지 않는
새길 위에서 자유로울 뿐이다
그는 자유이면서 그 스스로 자유를 발하고
자유 안에서 죽지를 접는다
아, 새는 날아가다가 한 번도 서는 법이 없다
제 보금자리에서 쉬다가
다시 날아오르고
날아가다 온전히 제 몸짓을 이룰 뿐
제 몸짓 아아라히 사념에 이를 뿐,

정초

—덕산에서

덕산 장터 가게문은 거의 닫기고
문 열고 내다놓은 것은 곶감뿐이다
높은 산 밑이라 바람은 차고
세배하러 가는지 밤색 두루마기 입은 사람
골목마다 한 두엇 걸어나오는 게 보인다
선비의 고을이라 하지만 지금은 말뿐
가든이거나 식육식당
또는 슈퍼이거나 노래방이 얼굴이다
글 읽는 소리는 서원에서도 나지 않고
개학이면 초등학교 교실에서 들려나올 것이다
때가 되었는지 어쩌다 길손들이
기웃거려 보기는 하는데
연휴의 베개를 베고 누워 있는 밥집들이
기지개 켜고 일어날 기미가 없다
동네 청년들은 더러 마을회관으로 몰려가 넉동내기 윷놀이
하고
처녀들은 또래끼리 한 방에 모여 세토를 치리라
높은 산 밑이라 바람은 차고
협동조합 구판장은 무료하여 하품을 한다
팽이를 치는 아이들도 하나 둘 집으로 가고
남은 아이들의 팽이는 돌다가 풀이 많이
죽었다

석계 마을

진주시 금곡면 두문리 석계마을
북향인 데도 따뜻하다
부촌 냄새가 난다
마을 앞으로 고속도로가 씽 씽 흐르기 전에는
40여 호 요사채, 절간 같았으리
십 리 인근의 국도 팻말에 두문리 쪽이라는 화살표
그려지고
고만 고만한 인물들이 나고 나는 족족 떠나가고
햇볕만 남아 소곤거리다 지쳤으리
금곡장으로 내려가는 발자국 소리 따박 따박
고샅길 더듬어내리면, 그때부터 마을회관 앞으로
모이는 사람들 입에서
비료값 배추값이 뛰다가 거품이 된다
돼지값에다 고추값이 낙차를 내는 소리 거품이 되는 소리
마을 들머리로 길을 잡고 휑하니 나선다
입춘대길 넉 자도 벽에서 떨어져 나와 기침을 하고,
신발 끄는 소리내고,
회관에는 이제 노인들 담뱃대 터는 소리가 좌장이다
진주 나들목에서부터 속도를 내고 넘어오는
차량들 저것들
좌장이 안중에 없다 진주시 금곡면 두문리
석계마을에서 제일로 속된 것들이다

제2부 겨울 진주성

겨울 진주성

저 건너 진주성을 보라
내 유년의 고종같이 내 유년의 이종같이 형제가 되어
잔칫날 밥상 하나로 앉아 있는 것 보라

겨울에 손 호호 부비며 추위에 떨면서
형제를 바라볼 때
바라보면 햇살이 되는, 햇살이 키우는 잔치와 함께
어리는
혈육 같은 진주성을 보라

담요를 내다가 씌워주고 싶다
몸집이 작지도 않는 것이
제 나이를 속으로 감추고 언제나 유년인, 유년이
그리는 깃발인 것이
지금은 은은히 쑥향을 낸다

쑥향은
성벽의 뒤쪽이거나 손 닿지 않는 벼랑이 내는
소리 같은 것으로
부스럼 딱지 같은 우리 고종의 인상이거나
우리 이종의 심한 사투리 말음(末音)이다

저 건너 진주성을 보라
광풍이 왜적처럼 달려와, 달려와서
할일도 없는 것들이 나목을 흔들어대고 있는,
아직도 수줍은 촉석루 허리로 빙빙 돌고 있는 것을
보라

담요를 내다가 씌워주고 싶다
잔칫날 밥상 하나로 앉아 있는, 유년의
추위에다 형제의 햇살에다 그 어깨에다
무릎에다 한 장씩 씌워주고

오늘은 한동안 강 건너, 바라보고 싶다

장어집에서

장어가 토막난 채로 죽어서
석쇠에 올라와 있다
다비식(茶毘式)은 곧 시작될 것이다 잘 피어오른
숯불이 그의 주검을 뜨거움으로 축복해 줄 것이다
그는 다만 죽어 있을 뿐
내생으로 가는 열찻간 침대에 누워 신망애(信望愛)*의 몸을
지지게 될 것이다
몸에 적힌 신망애 세 글자가 지글지글 다 타고 나면
그는 토막인 채로 열차에서 부려지고
풋것 이파리에 봉인이 될 것이다
봉인이 된 것들은 사람의 입으로 찍혀 들어가
소정의 절차를 밟을 것이다
아, 그가 씹히는 것을 잔인하다 하지 마라
주검을 위한 예의일 뿐
그의 몸은 택배로 갈라져 사람 속으로 구석구석 스며들어가리라
보라, 장어가 토막난 채로 죽어서
석쇠에 올라와 있다
그가 이 집으로 들어올 때 따라온 바다는 그의 추억과 함께
죽어서
저 사리같이 단단한 소금알로 남았다
이제 이것들도 톡톡 소리내며
맛갈의 다비로 탈 것이다

* 신망애는 믿음, 소망, 사랑을 가리키는 것으로 흔히 신, 망, 애 삼덕(三德)이라
고도 한다.

마천으로 출근하는 사람

아직 눈이 쌓여 있거나 내리고 있을 3월에
아침마다 가방 들고 마천으로
출근하는 사람이 있다

다람쥐 다니던 길이 허물어지고 파르티잔 다니던 길이
생겨났다가
그 길이 흔적 없이 사라진 산골 마을
마천으로 출근하는 사람이 있다

죽어라 산이 좋아 기를 쓰고 들어가는 이들이 가다가
잠시 쉬면서 어디로 들어갈까 들어갈 방향
알아내는 마을
마천으로 출근하는 사람이 있다

참, 이상한 일이다
한참은 이상한 일이다

역류도 아니면서 모반도 아니면서
거슬러 드는 이의 가방, 가방 속에는 무엇이
들어 있을까 경전일까

시집일까,

아, 아직 눈이 쌓여 있거나 내리고 있을 3월에
아침마다 마천으로 드는 사람, 출근하는
사람이 있다

야소골 풍경

―라파엘 안젤라 부부에게

야소골*에는
햇볕이 움 트는 소리를 낸나
골짜기에 서리던 설화도 뿌드득 허리를 편다

앞에 들어와 사는 사람
사람마다 움이 되면서 움 트는 소리를 낸다
흘러내리는 것들은 축복같이 흘러내리는 것들은
개울로 흐르거나
새로 난 고샅길이다

여기, 노을이 품안에 들어 깊은 저녁을 이루리라
깎이지 않은 노을이 새벽으로 가는 동안
등성이도 나무도
또 풀잎도 이슬을 머금고 이슬의 소리를 내리라

깨어 있는 소리
야소골에는 멀쩡한 햇볕이 움 트는 소리를 낸다
앞이다, 그 앞이다
분재같이 서 있는 소나무를 보라
소나무도 같은 소리를 낸다

이제 새로 드는 이, 꿈으로 드는 이의 집이 서리라
전에
전에 한 번도 내려서지 않았던

햇빛들이 기도하는 마음으로 내려와 움 트는 소리 흐르는
소리
집 한 채 따뜻이 세워 올리리라

―그림같이, 노래같이,

* 야소골: 통영시 산양읍 미륵산 뒤쪽 골짜기를 이름.

삼월에

삼월에 좋은 일이 하나 생겼으면 좋겠다
산이 하나 내게로 걸어오거나
제일 나중에 피는 꽃나무 하나 걸어오거나

가서,
천왕봉 아래 제일로 왕따가 되어 있을 나무를 보거나
일찍이 보지 못했던 옹달샘 풀섶 찬찬 들여다보거나

노을까지 가서 노을을 따르는 이들의 뒷모습을 보거나
동산면까지 가서 망울 달린 산수유 나무 아래로
돌거나

그것도 아니면, 광양에나 가리 매화밭 가운데로 들어가
매화의 눈매에 젖어들다가 매화의 시름 하나 꼭지채 따
입에 넣으리

삼월에 꼭 좋은 일이 하나 생겼으면 좋겠다
창선도 바다가 파도의 푸른 날로 길길이 뛰다가 꼿꼿이 서서
파도가 아니면 보지 못하는 그리움 하나 툭 쳐내어
던져주거나
더친 것들은 얼음 상자에 넣어 화물로 보내주거나

파도, 비늘을 치는
좋은 일이 하나 생겼으면 좋겠다

일요일 한때

아무도 내게 닿지 않는 시간
시간이 그냥 굴러가게 내버려두는 시간
시간의 발목에다 원고 같은 걸 매달아 두지 않고
사색 같은 걸로 가득하거나 충만한 시간 만들지 않고
가령 기호 몇 번 같은 피선거권도 떼다가 가슴에 달지
않고
음식 같은, 입에 감칠맛으로 오는 음식 같은 걸 만나러
수곡이나 원당 가는 길로 돌지도 않고
건강에 좋다는 찜질방으로 가서 참기름 짜듯이 살갗 쥐어짜는
연옥 체험,
해 본 일이 있는가, 그것도 내게는 거리가 닿지 않는 아득함이다
아, 아득함인데도
시간은 내게서 굶주리고 헐벗고 있다 독가촌(獨家村) 같은
일요일 한때……

돈으로 피는 꽃

저 어디 어디 이름 있는 매화밭을 가 보라
거대한 유곽이다
등성이와 강변과 길목이 일시에 손님, 손님을 부른다

나는 애초에 유곽이 싫었다
유곽을 몸뚱이로 받아들인 이상(李箱)*이 싫었다
33번지 같은 동네, 낮과 밤이 바뀌는 마을이 싫었다

저 어디 어디 이름 있는 매화밭을 가 보라
지금 한창인 축제와 차량과 플래카드의 물결
흥청거리는 저녁이다 매화 피었다 지고 달이 외로이 뜨는,

손님으로 분주한 이상의 밤이다

* 이상의 소설 〈날개〉 참조.

초대

그대 초대하고 싶은데
내 요사채에 들어와 있는 이들이 불을 켜고 있거나
소지(燒紙)를 올리고 있다
그러다가 오래 전에 보살이 되었거나
조실이 되었거나 천상의 소리를 내는 이들이 많다

그대 초대하고 싶은데
운주사 질펀한 마당에 놓여 있는 찌부러진
탑신 하나쯤으로 다듬어 볼 수는 있겠다
바람이 불면 징, 징, 지, 징, 징 울어쌓는 목소리 하나
전주곡 위에 얹어 놓을 수는 있겠다

그대, 그대는 어찌 탑신인가
석물인가
가장 아름다운 인간이므로 내 혈압이나 코레스트롤 같은 벽돌로
지어 올린 집에 초대하고 싶은데

오늘 미명이 눈뜨고
안개 사라져가고
간밤이 십분 형체를 드러내면, 내 부끄러워질까
또 쓸쓸해질까

벚꽃 그대

그대 또 어찌 오는가
세상을 한철 다 끄슬러 놓고
세상의 사상을 다 비틀어 놓고
세상의 연애를 다 불러내고 분질러 놓고
부활같이 낯뜨거운 재생같이 숯불같이
석쇠같이
곰탕같이 이글이글 왜 또 오는가
어쩌면 술같이 술잔같이 음주운전같이 그대 사고다발로
왜 하필 이십 리 쌍계사 아래
운명같이 핏줄같이 썩다가 썩지 않고 오는가
또 사천 선진리 언덕배기 왜란같이 아니다
우리 장군의 백의종군같이
눈물로 사지육신의 환장같이, 혹여 잘 미친 사내같이 바람같이
부들부들 젖어서 오는가
떨간이로 오는가
아, 진맥을 하랴 백약이 소용이 없다 그대 아편같이
둘러꺼지는 메다치는 곡조로 온다 연설로 온다
여러분,
한마디에 백성들 일제히 완장을 차는구나
차라리 벗지 마라
잊을 만하면 또 오는데
그대 이리 어찌 오는가
숟가락 젓가락 휘어 놓고 허리 쳐 놓고
씹다가 씹히다가 단물이다 쓴물이다
개숫물 등물이여 부어라 잔치, 부어라 춤……

선거에 대하여

가만히 생각해 보면
선거도 사랑하는 일이다 한 사람 고른다는 일이
사랑하는 일이고
그 사람만이 우뚝 서서 그 사람 정견을 펴는 날이
기쁨이라는 것
그것이 사랑하는 일이고
마침내 그 사람의 길이 휘어지지 않고
당당해지기 바라는 것이 사랑하는 일이기 때문이다
가만히 생각해 보면
선거도 사랑하는 일이다
문산 국도의 벚꽃 터널로 흐르면서 아, 이 흐름
그 사람에게로 흘러가게 하고 싶고
금곡면 시장통의 싱그런 과일들 눈으로 흐르면서 아,
이 내음
그 사람에게로 봉지 봉지 싸 보내고 싶다
어제부터 그 사람 바람이 불기 시작했다
언덕을 넘고 들녘으로 가는 바람이다
더 불어라 더 세게 불어라
오늘은 그 바람 더불어 밥 한 끼 놓쳐도
좋겠다

독산리 유정
―황소부 교수 간이별장에서

독산리 산중터
정년한 황 교수의 간이별장이 있다
독산리 분지가 한눈에 들어오고
수도권 개발에서 이름 날리던 건설회사가 내려와
세워 올리는
대형 아파트 단지가 눈금 아래로 뜬다
독산리가 어딘가, 진주의 서남쪽 근교
황 교수의 외가가 건재했던, 이 지방 최고의 교육자 형제를
낸 경주 정씨
일문이 있던 취락이다 혹자는 진주 갑부 누구가 살던 마을
좌청룡이다 매화낙지다 하지만
면사무소 아래 독산초등학교 아직 교육의 요람
종소리 내는 때가 일등으로 설렌다
독산리 산중터
내려다보면 내동면 소재지로 쳐도 있을 것
다 갖추고 있다
고속도로는 대전으로 서울로 숨차게 달려나가고
국도는 완사 하동으로 가서 쉬다가 어쩌는가
구례 곡성으로까지 빠져나간다
지방도 구부러지는 것 구부려져 가도 사천으로 삼천포로
신호등 받으며 가고
더 가기라면 남해 창선도로 일주하다가 해 중천에
있을 때 반신엽서 붙이고 우체통 앞 돌아올 수 있다

경전선은 어느 쪽으로 가는 비잉 돌아 목석시로 가는, 한 번 타고
서울로 가는 적선의 길이다
아, 내려다보면 길 떠나고 싶어라 마당에 핀
진분홍 복숭아꽃이 진분홍으로 요염하다
이제는 배꽃이 골짜기에 가파르게 찾아들고
조용한 분지에 일용할 순정을 친다
내일이면 순정이 황 교수의 수필에 들어가
계집애처럼 수다를 떨거나 진종일 그네를 타리

수곡천변에서

물을 내려다보면 물주름에 꽃이 뜬다
봄이 바람으로 새잘거리며 불고
대학 새내기들처럼 귀 쫑긋 세우며 햇빛 걸어다니고
쑥은 쑥이라 여기는 순간 저희들의 방언으로 마을을 이루며
산다
산 너머 옥종이나 더 멀리 덕산장에 갔다 오는
사람들일까
면사무소 앞에서 버스를 내려 산밑 마을로 걸어오는
사람들 등에
새댁 같은 봄이 한 짐씩 업혀 온다
물이 가는 것일까 오는 것일까 트인 들녘 쪽으로 보면
가는 물이리라
가는 물인 데도 보라 물주름에 뜨는 꽃이 우리 발길
재촉하며 따라오고 있다
건너편 산에 산밑에 몇 번씩 벌써 폭발해버린
꽃들이 층층 선후배로
서서,
이제나 저제나 뜯겨나갈 봄나물 한 줌씩 쓰다듬어 주고 있다
아, 우리들은 여기서 물장구나 치다가 더 놀다가
수곡장날까지 있다가
장에 들어오는 산나물이나 살피다가, 그 냄새에 젖다가
느지막이
완행차 타고 집으로 돌아갈까
물주름이 까르르 웃어준다 꽃잎이 반짝, 뜨면서
이들도 까르르 소리낸다

지세포 같은 데 가서

지세포 같은 데 가서
한 달쯤 아니면 두어 달쯤 푹 쉬다가 오고 싶다
생각해 보면
가슴에 뜨는 그리움이나 옛날에 죽은 애인의 눈썹까지
산그림자에 다 들어가버렸다
철석거리는 바다를 보고도 아무것도 내놓고 함께 철석거릴
것이 없을 때
지세포는 제 몸으로 제 몸 아닌 손님의 침묵이 되리
우리는 가는 데마다 흔적을 남기고
얼룩이 되거나 상처가 되는데
보라 지세포 바다가 양식해 온 구름이나 바람
기슭이나 솔숲이 제가끔 무위,
또는 끓지 않는 중용이다
표나지 않는 어수룩한 민박집으로 들어가
이름 적지 않고
한 달쯤 아니면 두어 달쯤 푹 쉬다가 오고 싶다
핸드폰에 전원을 끄고 달력도 내리고
달려오는 것 스케줄도 골목쯤에서 따돌리고
마지막 애증도 고독도 그 다음 골목쯤에서
에잇, 쫓아 보내고……

산도화

새벽 잠을 깨니
금대암 산도화가 맨발로 달려와
눈앞에 걸린다

사랑이다

절간의 무량 침묵도 이제 지쳐서
그 높다란 벼랑의 염불에도 지쳐서

버선발로, 저 간뎅이 같은 관능 알아주는 이 없어
아니다 제 꽃 한철의 뜬눈으로 수놓은 베갯모
거기 아지랑이가 감겨서

늦은 저녁 출발해 왔다
날파리로 엉겨붙는 칠흑 같은 산간의 어둠
다 떨치고
북을 찢고, 찢어버리고 낙랑*처럼 달려나와
눈앞에 걸린다

* 낙랑: 낙랑공주를 말함. 왕자 호동과 사랑에 빠져 자명고를 찢었다.

금대암에서

—지리산에서 전사로 사상가로 살다가 죽어간 이들을 위하여, 그 눈물을
  위하여

시리산을 건너다보며
비로소 한 세대의 전사가 되어
그 뒷등으로 흘러내리는 골짜기를 집으로
삼을 수 있겠다
두고 온 처자나 아들이나 딸, 나를 기억할 수 있는
사람들 어진이들
잊겠다는 약속 한 줄 건넬 수 있겠다
출근도 놓고 일상이 키워 오던 애완용 같은 것들
이웃에게 하나씩 나눠주고
퇴근 후에 뜨는 달빛과 저녁과 해후 같은
우연의 기쁨들도 골동품 한 점씩에 끼워 사촌들 가정에
부쳐 보낼 수 있겠다
늘 그 판단의 유보 때문에 일용하는 것들이 모두
유보인 채로 왔음을
늘 그 결심의 결핍 때문에 사상이 문 한짝 달지
못하고
온전한 그리움이 지붕 한 까댕이 올리지 못하고
왔음을 고백할 수 있겠다
아, 이쯤에서 지리산을 건너다보며
비로소 한 세대의 혁명을 일기에 적는, 이룸이요
중언인 삶을
흐르는 물과 능선의 칡넝쿨 그 아래 곰이나 살쾡이들
더불어 메아리로
첫새벽 같은 가슴으로, 봄으로 살아갈 수 있겠다

산채 비빔밥

칠선계곡이 천하의 신비라 한다
계곡의 발치에 와
우리는,
산채 비빔밥 길다란 상을 받고 있다

식당의 사장이 통천문 아래 골짜기와 나무와
풀
햇살과 그늘에 대해 아는 것이 많고

생태가 움직이는 걸
마음으로 적고, 적은 것을 몇 구절 풀어낸다

계곡의 신비는 벼랑에만 있지 않고
사장의 인생, 따라다니는 그늘에 와서 십 년이나
이십 년
세월을 깎고 털고 하여 벼랑이 된다

반주(飯酒)가 나오는데 아직 상표는 없다
교수님, 교수님은 다 아시겠지만을 단서로 붙여
말하는 사장
사장의 언술이 교수님 위에 있다

초봄인데도 여기는 겨울이다 산도화가 식당 바깥에서
양말 벗은 채로,
진저리 두어 번 쳤을 것이다

우리는, 계곡의 발치에 와
보일러 돌고 있는 따뜻한 방에서
문학도 시도 하늘과 땅의 신비라 하면서 일금
일만 원짜리
산채 비빔밥 길다란 상을 받고 있다

연인의 이름같이

— 진주mbc 창사 40주년에 부쳐

진주mbc 진주mbc
우리가 이 이름 부르면 연인의 이름
부르는 것같이 설렌다

아니다 연인의 이름같이 닮아서
설렘인지 감격인지 분별이 되지 않는다

생각해 보면,
40년 전에, 방송의 불모지에 와 깃발을 달 때
아이들 어른들, 남자들 여자들 문 밖에 나와
강물과 산봉우리 더불어 박수를 쳤다

그때부터 가슴 깊이 잠겨 있던 신명의 부싯돌
끄집어내고
여론의 부시로 쳐서 역사의 숨결로 쳐서

진주mbc,
이 나라 어디에도 없는,
이 나라 어디에 있는 것과도 다른
소리의 보탑(寶塔) 영상의 보탑 세워 올렸다

보라 mbc 이름 부르면
지금 흐르는 강물이 가장 든든한 흐름이 되고
지금 흐르는 애환이 가장 아름다운 진실이 된다

아, 우리가 우리들 문회의 주소 적어들고
번지를 찾아가 보면
우리가 우리들의 긍지와 보람 적어들고
번지를 찾아가 보면

진주시 가좌동 700의 1번지
진주mbc 사옥 앞에 이른다
우리가 부르는 진주mbc 우람한 사옥 앞에
이른다

통영 입구
—박경리 선생 출상일에

저녁 어스름 통영은 조기의 물결이다
출신 작가가 죽어서
돌아오고 있는 중이다

떠나갈 때는 아무도 그를 불러주거나 떠난 자리
허전함을 말해 주지 않았다

떠나가서 문학의 언덕 한 필지 이루고 천신만고 혼자의 몸
불살라서
불사르고도 불로 타지 않는 깊은 골 광맥 같은 문학
이루고,

작가는 몸에 붙어 서식하는 이야기들 다 떼놓고
혼자의 몸 홀홀 돌아오고 있는 중이다

저녁 어스름 통영은
저녁일 수 없는 시간에 돌아오고 있는 출신 작가
그녀를 설레임 같은, 떠나가던 청춘의 계절 같은 이름 적어들고
지금 물결이다

작가는 지금쯤 진주여고 분향소를 떠났을까
조선 산천의 어스름이 함께 그의 행렬이 되어 오리라
인근의 사람들 추억도 눈물도 함께 나와서
섞여서,

수도원 방문
―수도자들의 낮기도

수도원* 성당
햇살이 들어오는 창가에 앉아
수도자들의 낮기도 소리 낭낭 들으며
내 기도 한 줄 또는 두 줄 그 위에 얹는다

그분들 기도 소리가 어디론가 쭈욱 쭉 밀려들어가고 있다
비 온 뒤
논으로 물이 들어가는 것 같다

마치도
기도가 말이 아니라 흐름같이, 흐름 뒤에 따르는
소리가 흐름을 밀고 가는 이 풍경에
햇살도 쭈욱 쭉 딸려들어가는 것 같다

하늘 나라가 어디쯤 있을까
밀려들어가는 걸 보면서 그쪽에 있다는
생각을 한다 아주 가까이, 마당을 같이 쓰는 데
그쪽의 마당 빗자루와
이쪽의 마당 빗자루가 싹싹 쓸다가 만나는 자리
거기에 있을 것이다

햇살이 어떤 가닥은 제 몸이 무거워 보인다
밖에서는 수도원 삼종 소리
제 해 오던 소리 건강한 소리를 연하여 내고 있다

*부산 광안리에 있는 올리베타노 성베네딕도 수녀원임 이해인 시인이 소
속된 수녀원으로 더 이름이 있다.

57

제3부 고별 강의를 앞두고

고별 강의를 앞두고

인생을 기쁨으로 말하거나
슬픔으로 말하거니
인생을 말하는 이의 입은 추상이다
그의 머리도 추상이다

고별 강의를 준비하는데
시도 때도 없이 인생이 나타나 물 흘러가는 소리
내거나
제 입었던 사시사철 옷들을 갈아입어 보인다

오늘은 인생이 좀 떨어져 서서 필름을 돌리고
있다
영화가 인생을 찍어 돌리는 소리 제 소리
영화가 제 생명의 마디, 그 반환점이거나 결말에
이르는,
그 꼭대기와 내리막의 길목에 부는 바람
바람 소리를 내고 있다

아, 고별 강의는 필름 소리를 낼 것이다
강의가 제일인데 고별 이야기가 나온다면 수치스런 일이다
그 시간에 인생이 툭, 툭 튀어나와
강의를 붙들고 간섭하는 일은 막아야 하리

인생이여, 그대 침으로 착하고 느긋한 장거리 주자,
강의하는 동안 참아다오
내 사랑하는 제자들이 강의 들으러 올 것이다
풀꽃들이 풀꽃의 향기들이
제 다니던 길로 책 들고 올 것이다

그리움의 방

그리움들은 다 끼리끼리 방이 있다
초등학교 조무래기 시절에 만들었던 그리움
그 조무래기 방에서 장난감처럼 논다

중학교는 중학교 시절만한 나이의 방에 그리움
모표나 학년 배지 모양으로 천방지축 떠들고

고등학교나 대학의 방은 그 나이만한 그리움
인절미 떡같이 반죽하거나
아이스크림같이 건드리면 녹아버리는 섬세한 것들
치정의 수준으로 가득해 있다

선생들도 선생 시절의 땀이나 곤혹이나 열정의 기억들
다 떠나보내고 남은 그리움
선생끼리의 외진 방 한 칸에 놀랍게도 이름표 달고 있는
그리움,
'스승의 은혜는 하늘 같아서'
하늘 아래 햇빛 다소곳 드는 곳에 아직 교재연구 같은
고뇌, 고뇌의 빛깔로 번져나고 있는가

오늘이여 오늘의 방은 잔치다,
학생들의 방 한 칸이
선생들의 방 한 칸, 눈시울 아래 초대한 날

두 개의 그리움이 제 방문을 탁, 치고 나온다
지상 한 계열의 그리움들
상봉의 완성, 난장이다

궁벽(窮僻)

시국이 이수선하고
기름값은 오르고
얼마 가지 않아 자동차 끌고 다니는 시대
가버릴지 모르겠다

지리산이 눈앞인데
어제 오늘 더 멀리 가 있어 보인다
덕산 지나 물레방아식당도 엎어지면
코 닿는 자리
어제 오늘 가물 가물 시력으로도 잡지 못하는 거리
저만치 그 너머로 보인다

밤마다 거리로 나가는 촛불,
저 깜박거리는 것들은 누가 끌 수 있는가
누가 있어 나서는 길목에 서서 참아라 말릴 수가
있는가

시국은 이제 시국대로 가고
황사 같은 불의에 날아오는 것들도 사람들의
수심 위에 떠다니고

글자를 아는 사람, 글자 풀이하는 일이
민망할 뿐이다
보이는 글자 눈에서 놓고, 보던 책 손에서 놓고 어디
궁벽(窮僻)한 곳으로 걸어들어가 볼까, 가서는
풀잎이 될까 풀섶이 될까

덕산 오후

서울은 들끓는데
덕산 오후는 한기하다
서울은 마른 논처럼 타들어가는데
한가한 데로부터 더 한가한 곳으로 이동해 온 것은
죄스런 일이다
그래도 입은 심장과는 따로 살아서
진하게 쪄
비린내 다 나갔다 먹어 보자 피리찜
보리밥에다 찜이다
태연, 태연히 떠 넣는 숟가락의 속도여
아무래도 죄스런 일이다
덕산 땅 풀잎들이 전에 없이
조심 조심
귓속말로나 서로 통하고 있는지, 푸른 색이 짐이 되는
것처럼 보인다

김달진 생가*

마삭줄이 앞담장을 덮어내리고 있다
선생의 눈썹 같다
비파나무는 비파나무대로 선생의 유년이 읽던 경문 한 절이거나
태산목은 태산목대로 선생의 시 한 연이거나 그 다음
연으로 가는
상상의 말마디,
잎 한 바닥씩 풀어놓고 있다
대밭은 대밭대로 우수수 소리를 내지 않고 있지만
가을이나 겨울은 어김없이 선생의 적막, 외로움 같은 것들
소리로 쓸고 있을 것이다
기다렸다가, 가을까지 진득이 묵고 있다가
그 소리 들어 볼까
눈이 뭉텅 뭉텅 참새의 발에 떠밀려 떨어지는 그때까지
기다렸다가
선생이 짚어가던 길목의 쓸쓸함, 쓸쓸하여 길이 저물지
못하던,
눈시울로만 젖는 소리 들어 볼까
마삭줄이 내리어 닿는 담장 아래 나이 먹지 않는 햇발
오늘은 지붕에 내리는 머리 센 것들과
뒤란 평상에서 어울려 논다
선생은 곧, 축담을 내려서서 이쪽으로 성큼
돌아오시리라

* 김달진(1907~1989) 생가는 경남 진해시 소사동 43번지에 있음.

싼판*에서

썬판은 약간씩 흔들리고
선상에서처럼 의자가 약간씩 흔들리고
마이크로 하는 나의 말도 약간씩 흔들린다
말 중에서 흔들리는 말이 문학인데
문학에 대해 듣고 있는 이들이 각각 한 채의
낭만이거나 별이다
나는 이 바다도 아니고 뭍도 아닌
정박해 있는 배의 뚜껑 다 뜯어낸 모양의 마룻바닥
위에서
문학이 별것이라고, 별것 아닌 삶을
별것으로 바꿔 놓은 것이라고
박경리를 말하고 유치환을 말하고
윤동주를 말한다
말끝이 흔들리고 흔들릴 때마다 쎄디 쎈 전구로 밝힌 저녁이
무릎을 살끔, 살끔 드러내 보인다
이 시간 우리가 바다 위에 함께 떠 있다는 것은
가슴에 등 하나 켜는 일이다
어둠도 씻은 듯이 보내고 과거도 슬픔도
씻은 듯이 보내고
약간씩 흔들리는 일이다
아, 싼판의 밤은 뭍으로 눈길을 주고
무표정한 얼굴, 세멘으로 굳어 있는 집들의
창으로 수화를 건다

시도 어쩌면 통속이지만 별섯이라고
섬과 섬 사이의 섬 하나라고
손으로 손가락으로 수화를 건다

* 싼판: 통영말로 바다에 띄워 놓은 넓은 마루로 된 구조물, 부표(浮標). 필자
는 싼판에서 개최된 통영도서관 주최 인문학 강좌 시리즈에 강사로 참여했다.

돌, 돌팍에 가
—선운사 기행

선운사 요사체
돌팍에 가 앉아 있기로 했다

오늘은 돌이다
나무도 아닌 것이 기와도 아닌 것이
주춧돌인 것이 허드레 행주 같은 것이

중심이 아닌 것이
오늘은 내 친구다

주춧돌로, 네모로 이빨같이 가지런한 것
아니다
나뭇기둥을 등에 업고 추스리다가 흘러나온, 코흘리개
소년의 콧물 같은,

어쩌면 6.25때 죽은 우리집 머슴의
눈썹 같은
삼동을 나고 있는 머슴방의 처진 메주 같은

돌이여……

오늘은 햇볕과 절간의 외로운 마당과 더불어
그대, 그대만을 보기로 했다
아니다 말 없는 말
그 무릎에 댓독이, 얹혀 있기로 했다

사흘들이

돼지고기 비계, 또는 껍데기는
김치찌개의 희망이다
흑돼지의 본산지 마천으로 출근하는 시인 박우담
그와 내가 합의한 사항이다
그와 내가 사흘들이 만나면 사흘들이 예외없이
진주시 봉곡동
마천흑돼지집으로 간다 주인이 마천이다
식당의 홀이나 식탁이나 주방 풍경, 눈에 보이는 것들은
적당 적당 마천이다
마천꿀이나 마천곶감 같은 상표가 붙어 있는 것들은
마천을 자주 떠나와서
오히려 마천 냄새 덜하지만
식당에 들여온 그것들은 죄다 자랑스런 마천이다

그와 나는 오늘도 이른 해거름, 사흘들이 드는 길
마천흑돼지집으로 간다 이리 갈까 저리 갈까 흔들림없이
가격대 높일까 낮출까 헤아림없이 단 하나
김치찌개의 희망을 향해, 김치찌개를 향해
서러운 변방
비계, 또는 껍데기를 향해……

1회

—경상대 국문과 1회 제자들 더불어

1회는 역사의 첫줄 여명이다
첫줄 이전은 이둠이고 혼돈이다

어쩌면 1회는 말씀이다
말씀처럼 새로운 시작이고 말씀처럼 새로운 만들기이다
비롯됨은 언제나 동트는 하늘,

아무 데서도 만나 보지 못한 얼굴이 얼굴로 오는 동안
나는 내 몸으로 고독했다
어디서도 들어 보지 못한 그리움이 그리움으로 오는 동안
나는 내 몸으로 아득했다

1회를 생각하면 나는 눈물보다 더 깊은
샘물이 보인다
1회에게 건 나의 청춘을 생각하면 나는 슬픔보다 더 높은
탑 하나 보인다

1회는
1회성이 아니라 영원의 선언이다
그대 켠 등불은 닳아가는 기름으로 커지 않았지
시간이 시간의 이름으로 켜는 죽지 않는 빛살,
그대 후배들 가는 길에 순간마다 후배로 태어나는
새순 같은 별이여

1회, 1회는 역사의 첫줄 여명이다
내 생일 같은 달력 넘어가는 소리
아침이다
아, 아침의 식탁이다

풀꽃

우리 성당 이현반에서 개고기 파티를 했다
입만 가지고 오라 했다

흔한 일이 아니다

시몬도 알퐁소도 보인다 요한도 바오로도 보인다
베드로, 요셉, 아오스딩, 미카엘, 노엘라, 마리아

펠리치타스, 베로니카, 모니카, 릿따, 가타리나 또
야곱과 세례자 요한,
유스티나, 엠마, 프란치스꼬, 데레사, 안젤라
이분들 속에서 나는 박해시대* 풀꽃처럼 성스러워…… 졌다

흔한 일이 아니다

* 천주교는 1785년 이후 백여 년 계속 박해를 받았다. 네 차례에 걸쳐 큰 박해가 있었는데 신유박해(1801), 기해박해(1839), 병오박해(1846), 병인박해(1866)가 그것이다. 이 시기에 산속으로 산속으로 숨어든 교우들이 개를 잡아 먹는 일이 생겨나서, 오늘날 천주교 신자들 중에서는 보신탕을 먹는 일이 박해시대를 되돌아보는 일로 여기는 사람들이 많이 있는 것을 본다.

프로포즈

내가 그대에게 늘 프로포즈하는 마음인 깃처럼
천지의 시에게 해돋이에서 해넘이까지
당도한 장소 그 첫발에서 떠나오는 첫발에까지,
첫발은 늘 앞으로의 진행이므로
나는 시에게 천지의 진행형으로 산다

내가 늘 마음의 촛불을 켜고 그대에게로 다가가는 것처럼
천지의 시에게 촛불을 들고 찾아가면
시는 늘 처녀처럼 수줍고
노을로 걸어들어가 아직 나오지 않은 첫사랑의 연지볼빛
그것처럼 애살 터지게 눈빛 한 뜨꺼리 보내온다

천지의 시, 눈물이여
천지개벽에도, 내가 그대에게 보내는 프로포즈
멈출 수 없는 것처럼
다가가면 갈수록 촛불 타서 흐르는 무언의 소리 기쁨의
소리
소리이다가 감격의 가락인 것들
죽은 애인의 심장 언저리, 돌다가 오는 저 아련한 문자 메시지
앞에서
나는 늘 간장, 간장을 덩이째로 녹이고 있다

아침에도 나는 손바닥 위에 간장을 놓고
녹이다가 끓이다가 달래다가
떨리나가, 또 초죽음이 되다가 빠안한 지근거리
그대 얼굴을 보고 있다

행사장에서

행사장에서 잠시 얼굴을 보인 뒤
사라진 사람
그 사람 생각이 난다

행사는 온통
가야 할 때가 언제인가를 분명히
알고 가는 이의 뒷모습*에 대해
화두가 되고 있는데

뒷모습마저 감추고 가버린 사람
그 사람 생각이 난다

꽃도 그렇다
더 오래 피어 오래 핀 만큼의 향기
가슴 따뜻이 데워주리라 생각한 꽃
그 꽃은
언제 바람에 대질린 것일까
가슴 저리게도 분분 낙화로 지고 마는 것을,

지다가 떨리다가 재처럼 산산 흙이 되고 마는 것을,

다음,
다음에라도 행여 오면
가야 할 때가 언제인가를 분명히 알고

가는 시간 시침(時針)을 다소곳 내 눈썹에 길어 놓고
가라
아니면 돌아서 가더라도 돌아서 가는 모습
냇물처럼 소리내거나
냇물에 떠 흐르는 꽃잎처럼 일렁이거나
신발 소리
물결의 굽이 자욱 자욱 인 치듯 치고 가라

아, 행사장에서 잠시 얼굴을 보인 뒤
사라진 사람
그 사람 생각이 난다
그에게만 어울리는 그 사람 모자
그 모자 생각이 난다

* 이형기의 〈낙화〉에서.

이형기傳

1.
그는 이제 진주로 돌아왔다
대학을 다니러 서울로 갔고
직장에 매여 서울에서, 부산에서
다시 서울로 가 살았었지
대학이나 직장이 그에게는 그의 시가 들어가 살
단칸방이었다
단칸방에서 그는 그의 시와 아내와 딸
그리고 호구지책 같은 것과 비좁게 살았다
그가 언론인이었으나
그가 평론가이기도 했으나
그가 어찌하다 부업 같은 교수가 되기도 했으나
그는 비 오는 네 거리 우산살 아래에서도
부산의 광복동 단골 실비집 무한 광설의
풀밭에서도
그는 시인이었다
그는 한강 이남에서
제일로 큰 신문사의 꼭대기
편집국장까지 갔고
그는 문인협회의 한 당파로 상임이사라는 것까지 갔고
그는 시인협회의 잘 나가는 회장의 장부까지 손에 넣었으나
그는 금방금방 단칸방의 케케한 사진 액자 같은
가장으로 시인으로 돌아와
곧장 허무와 바둑을 두었다

딘간방의 벽에 막혀 어디론가 나가거나, 더 이상
개량의 삽을 들 수도 없는
인간, 인간들에 대한 연민이거나 사랑에 깊이 들어가
한밤에 잠들고
새벽에는 깨어나 눈을 부볐지
그러다가 그는 혼자 병들고 혼자 켜놓은 랑겔한스섬 흔들리는
등불 비추며
절벽 아래로 걸어갔다
절벽이라고 쓰고 절벽 아래 돌아서 절벽의 등 뒤로 갔다

2.
그는 이제 진주로 돌아왔다
가난하게 살던 남강가 스레트집이 아니고
그의 이름으로 만든 기념사업회
그가 코흘리개로 자란 진주, 진주의 시민들이 만든 문학제
안으로 돌아왔다
그의 집은 단칸방이 아니다
나라에서 제일로 번듯이 지은 진주시청, 크고 우람한
집
여기서 그는 바둑을 두지 않아도 되리
챔피언은 챔피언 벨트 내놓기 위해 있는 거라는
가위눌림 같은 것들
하루살이 떼 같은 것들 못말리는 것들에게
자, 우리 악수합시다
나는 이제 십으로 왔소, 밀하면 되리

독립국

나를 지배해 온 건 9할이 신문이다*
나는 오늘 아침 그 신문 중의 하나를
끊었다

내게 군림해 온 6할의 권력을 물리쳤다
밥상에 오르는 김치
밥상에 오르는 시락국
그 하나를 물리쳤다

나는 이제 신생 독립국가다! 풀잎 깃발
깃발 한 폭,
게양대에 올린다

* 미당의 시에 '팔할이 바람이다' 가 있다.

여름 바다

여름 바다는 두 얼굴의 여자다
낮에는 바람을 몰아 보내는 일에 근무하는
해풍청(海風廳) 공무원이다
밤에는 노을의 시계를 보며
어둠으로 출근하여
탈 하나 따로 쓸 것 없이 은밀히 제 본능을 다해
바다를 방문한 사람들
팔다리로 겨드랑이로 목으로 스물 스물
염분의 살갗 부비고 든다
나같이 모기가 잘 침범하지 않는
가죽 같은 살결 지니고 있는 이름난 사람에게도
스물스물 침범해 오는
간뎅이 이글거리는 여자,
손을 탁, 쳐도 탁 치는 그때뿐
스물스물 스물난 가시내
어디 저승 같은 데까지 갔다가 초심으로 돌아온 내
첫사랑 같은,
파도가 이는 바닷가 어디
흰이빨 부시게 지니고 죽은 그 사람 같은……

마이클 핸슨

한 학자가 조국을 향해 나무라고 있습니다
사람들 눈에는 조국의 심장에다 돌을 던지고 있는 것처럼 보입니다

한 학자가 조국을 향해 나무라면서
조국을 떠나는 것처럼 보입니다

천하에다 조국을 풀고 있는 권력의 정책 나무라고 있습니다
학자는 너무나 단호하여
아슬아슬 피해를 볼 것같이 여기는 사람들
심장 속에다
감동의 조국 하나씩 건국해 주고 있습니다

아, 마이클 핸슨
그대는 조국을 떠나는 것같이 보이지만 조국으로 가고 있습니다
때로는 조국을 넘어
세상의 하늘에 높이 떠가는 새가 되기도 합니다

그대 양심으로부터 자유로운 새……
우리들 좁은 하늘에는 아침에도 대낮에도 노을에도
한밤에도
모이 찾는 소리 구, 구, 구 들리는가 하지만
자유롭게 날아오르는 날개짓 소리 한 톨 나지 않습니다

이것이 우리들의 지금, 괴괴한 하늘입니다

신고

생활을 바꾼 시* 일주일 만에
서원*으로 갔다
가서 선생에게 신고를 했다
생활을 바꾸고도 스스로를 지키는 힘이 어디서 나는지
경의당 마루에 얼굴 붙이고 졸다가
깨다가 들리는 소리 있는지 시간을 보냈다
무심코 눈에 들어오는
진덕재 처마끝 닿아 있는 백일홍 흐드러진 꽃타래
일념으로 붉다
그렇다 일념으로 뿜어올리는 일이, 하나의 빛깔로 마당
홀로 밝히는 일이
스스로를 지키는 힘이구나 선생은
나무에다 그의 생각을 달아놓고 있었다
숫장도 진언도 또 경의(敬義)도
일념으로 턱을 넘고 마디를 넘을 때 비로소
제 빛깔의 소리가 된다는 것을
나무에다 타래타래 적어 놓고 있었다
그것 참, 문자 밖에 문자가 있다니!
생활을 바꾼 지 일주일 만에
서원으로 가 알았다

* 정년으로 새 연구실을 내고 그쪽으로 출근함.
* 덕천서원.

제4부 중국 기행

중국 기행 1

—여산* 오르기

구강에 와서 곧바로 여산을 오른다
해발 일천이백 미터
꼬불거리는 길 탁, 탁 숨막히는 소리내는 길
아름답다 하지 마라
장개석은 가마 타고 낙낙 누워 올랐고
모택동은 어찌 인민의 어깨로 산을 오르리
길을 내거라 명하고
길 따라 등정했다는데
나는 오늘 운무를 따라 손오공처럼 떠오른다
손오공이 누구인가, 운무의 깎아지른 벼랑 아래
벼랑으로 장총통 모주석 다 저승으로 가고
그 운무의 한쪽 손바닥이 나를, 굽이굽이 하늘로
밀어올린다
나는 나의 시 한 줄에서 그들이 내 발 아래 있고
그들이 마침내 벼랑이 된다는 것을 안다
아, 그들을 천하라 말하지 마라
여산을 어찌해 볼 수 있다는 생각이
그 생각과 함께 한 점 비린내로 남아, 한 점 향채(香菜)의 끝
아지라이 남아
오늘은 미모가수 등려군의 '첨밀밀(甛蜜蜜)' 일절 안으로
녹아든다
하오 샹화 얼카이 짜이
춘펑리 카이 짜이 춘펑리……

* 여산(廬山)은 중국 강서성(江西省) 구강시(九江市) 남쪽에 있다.

중국 기행 2
―여산 폭포

이 폭포는 길이로서 이미 동양이 아니다
깊디 깊은 산 벼랑에
무슨 여인의 허리가 소름 끼치게 와 있는가
여인의 자근거리는 살소리
머릿단 치렁치렁 내리고
그녀, 발레로 휘감아 돌기에는 바닥이 한없이 좁다
그리하여 천년을 하나의 춤, 춤사위
미이끈 뻗어올리는
구부리지 않는 직립이여

목소리 하나 순결이여

    * 여산폭포에 대한 시로는 이백의 〈망여산 폭포(望廬山瀑布)〉가 너무 유명
하다. 폭포가 이백 시인에게 오히려 빚을 지고 있기도 하다. 그의 시는 다음
과 같다. '향로봉에 햇빛 비쳐 안개 내리고/멀리에 폭포는 강을 매단 듯/물줄
기 내리 쏟아 길이 삼천자/하늘에서 은하수 쏟아지는가' 이미지를 하나의 질
서로 끌고 가는 능력이 탁월하다. 폭포가 긴 것을 두고 강을 매달아 놓은 듯
하다고 표현한 발상이 기발하다. 다른 이미지들은 다 그로부터 만들어지는 것
이다. 필자는 이 명품과 다른 명품을 한 번 쓰리라 하고 그곳을 올랐다. 폐일
언하고 필자는 170미터(혹자는 150여 미터라 함) 폭포의 길이에 유의하여 미
이끈한 팔등신 서양 여인의 이미지를 얻어낸 것이다. 그것도 발레하는 발레
리나의 쭈욱 뻗은 허리를 연상하여 '미이끈 뻗어올리는/구부리지 않는 직립'
이라 한 것이다. 이백의 시와 필자의 졸품을 아울러 바라보시기 바란다.

중국 기행 3
—구강* 가는 길

끝도 갓도 없는 들녘이
푸른 담요 한 장 덮고 깊은 잠 빠져 있다
고독이 제복을 입은 것 같다
여기서, 말 하나 얻어 타면
선구자가 되겠다
여기서 소고삐 하나 쥐면 관자재보살
일등 선사(禪師)가 되겠다

* 구강(九江市): 중국 강서성(江西省)에 있다.

중국 기행 4

−황학루*

옛날에 선인이 학을 타고 날아간 자리
그 자리에다 누각 하나 올려 놓고
오는 사람 듣는 사람 학을 기다리게 하는구나
부질없다 날아오는 학 기다리지 마라
양쯔강 물 찍던 학이 풀데미와 고만고만한 잡목들 데리고
벌써 내 가슴으로 들어와
가슴의 새가 되었다
아, 내 가슴은 볼록하여 더 이상의 전설도 화폭도
기다릴 것이 없구나
양쯔강을 바라보면 내 새는 양쯔강으로 날아간다
앞메기 소리로 오는 한강을 바라보면 내 새는
비늘 이는 한강의 물결로 날아간다
퍼드덕이며 날아가는 새는 오늘, 내 가슴이 띄우는
연(鳶)이다
천만 번을 띄우고도 천만 번 돌아오는
노을 같은 연이다

*중국 강남의 3대 명루다. 호북성 무한에 있는 이 누각과 호남 악양의 악
양루, 강서 남창의 등왕각이 그것이다. 이 누각은 높이 51.4 미터로 1,700년 역
사와 전설이 있다.

중국 기행 5
—문적벽*에서

소씨는 가고 다락만 남았다
다락은 뒷사람들의 상상으로 지어올렸을 것이다
소씨와 함께 장강은 멀리 물러나
그가 띄웠던 배 한 잎, 바람이 불어도
흔들리는 기미 한 점
보내오지 않고
명필로 적어 놓은 적벽부의 이랑에서 기웃, 기웃둥거린다
이 대국의 사람들은 덧니같이 좋은 게 하나 있다
그때그때 글자로 적고
시심을 항아리처럼 다듬고
그것을 만사람의 마음에다 탁본해 가게 하는 것,
먹물이 대를 이어 이부당(二賦堂)이나 파선정(坡仙亭) 같은
데로 나와
선인이 하던 대로 일필휘지로
노닐게 하는 것, 그것이다
소씨는 가고
뒷사람들의 상상은 운동화 갈아신고 시금
문화재 간판 달아 놓고
보라, 문장의 상상을 실물대로 따라갈까 고민하고 있다
바람이 문득 끊기고
대신에
좁은 자리 서서 분홍으로 시심 달래던 백일홍 한 그루
신라에는 없는 이상한 형상 하고 있는 탑에게
그대 멎져, 이미 써 놓은 연서 한 장 후욱

불어보낼 것이다
더워라, 소씨도 찡긋 눈 감아주리라

* 문적벽은 소동파(1036-1101, 蘇軾 호는 東坡, 북송 시인)가 귀양 와 있던
황주(黃州) 양쯔강가 적벽 지역이다. 동파가 있었던 곳에다 東坡赤壁이라 하
고 집을 지어 올린 것이다. 동파의 대표작으로는 〈적벽부〉가 있다. 삼국지의
'적벽'을 무적벽이라 하고 동파의 적벽을 문적벽이라 하여 구별하고 있다.

중국 기행 6
— 악양루*에서

비가 내리고 물은 흐리고
물이 가 닿는 변두리는 비밀처럼 희미하다
두자미,
고주(孤舟)*로 흐르는 그대를 본다
호수가 아무리 넓고
사람의 포부가 아무리 깊다 하나
젖는 날은 다 같이 젖어 사람의 애간장으로
흔들리며 뜬다
그대 고향은 어느쪽인가
안개와 구름이 낮게 내려와 사방 덮고 있으니
사람의 일이 오리무중(五里霧中)이다
아, 오늘 분명한 것은 누각 하나와
그대 시를 필사해 새긴 모선생(毛先生)*의 필체다
그, 꼬부라진 필체를 따라
내 그대 시름의 골목으로 들어가고 있으니……

* 중국 호남성, 동정호를 바라보고 지은 누각.
* 두보의 시 〈登岳陽樓〉에서 스스로를 외로운 배(孤舟)라 했다.
* 모택동 주석을 말함.

중국 기행 7
―쾌속선에서

쾌속선으로 물결 가르고 달린다
비가 쳐서 선(船)머리로 나가 볼 수가 없다
무량한 것은 물뿐인데
공룡 같은 괴물 하나가 안개 속 드러나고 있다
동정호대교,
어디까지 가는가 끝이 보이지 않는다 문득 나타난
괴물 하나를 다리라고 편리라고
관광의 이름으로 불러줄 수가 없다
다리는 제 다리 제대로 세우고 안전하게 가고 있는 것일까
보라, 이 주변 해적같이 섬같이 떠 있는 것들
대형 모래 채취선 바라보며
마음 편할 수 없는데
다리는 어디까지 가는가, 어디까지 가서 제 건너온
반역의 일기* 풀어 적을까
아, 배를 돌려라 더 이상 사지육신 무너지는
호수에, 머릿결 흘러내리는 물결 위
떠 있을 수 없구나
비가 그치지 않고 쳐서, 선창을 쳐서
무량한 것이 언제나 무량한 것인가
화두를 만들고 화두를 쳐서…… 우리들 가슴도
쳐서,

쾌속(快速)도 쳐서,

* 필자는 〈다리〉라는 시를 쓰면서 다리는 자연에의 반역이라 쓴 바 있다.

중국 기행 8
―황학루 추녀끝

황학루 추녀끝이 하늘로 치켜 올라갔다
청대(淸代)의 것이라 하는데
내 피가 추녀끝에 가 찔리고 솟구치고 흩어져
벌겋게 노을이 되었다
행토*가 있는 저 대국의 눈꼬리
거기 해동성국의 역사가 걸레처럼 너덜거리고 있다
마오쩌뚱의 인해전술 시시각각 다가오는 피리 소리,
삼전도 치욕의 이빨도 거기 부러져 함께
뜨고 있다

* 행토: 나쁜 행실이라는 뜻의 경상도 사투리.

중국 기행 9
─물소

양쯔강 강둑에 물소가 풀을 뜯고 있다
깜둥이지만 힘은 세어 보이지 않는다

저들도 논밭을 갈고 새김질하고
추석 같은 때 끌려나와 투우대회 선수로 뛸까

황주땅 여름은 한국과 같이 풀이 푸르고
깊이 모를 강은 강으로 저물고 게으른 이들의
하품은 예사로 세월을 떠 안고 산다

그러므로 석존(釋尊)의 사상이 남방으로 지나갈 때
저 물소의 뿔이나
꼬리 같은 데다 시간의 리본 한 겁(劫)씩 감아 놓고
갔을 터,

내 차에서 내려
디카로 그 리본 초점으로 몇 장 찍어 두었다가
귀국한 뒤
우리나라 오현 스님
수완 스님에게 각각 한 장씩 선물로 드려 볼까

거기 시 한 줄 붙여
택배로 보내 볼까

중국 기행 10
　—중국의 집들*

중국의 집들은
일사불란 세멘 벽돌이디!

새집 짓고
들어갈 때
두보나 이백의 시집 싸 들고
들어갔을까

머리칼 센 그들의 만년 속담이나
민담 같은 것
사투리 같은 것들 잊지 않고
싸 들고 들어갔을까

그들의 대종보(大宗譜)나 파보(派譜) 같은 것들
대대로 전해져 오는 목숨 같은 것들 핏줄
같은 것들

싸 들고 들어갔을까

또 무슨 술을 마시며 무슨 노래의 마디
따라
집들이 했을까

띵 호아, 이웃들
집들이 했을까

* 중국의 호남성 호북성 강서성 일대를 말함.

중국 기행 11
—간판

1.
무한시* 간판에는 하나같이 중국 글자
중국말이 적혀 있다

밥집도 중국 글자로 적고 호텔도 중국 글자로
적는다

우리하고 많이 다르다

2.
이백은 중국 글자로 시를 쓰고
나는 한글로 시를 쓴다

이백, 그는 여산의 그 긴 폭포를
강을 매달아 놓은 것 같다고 쓰고
강희근, 나는 여산의 그 긴 폭포를
여자의 소름 끼치는 기인 허리라고 썼다

이백과 나는 다르다

3.
무한시내를 돌면서 수많은 간판을
본다
가슴이 아프다
글자, 읽지 않기로 하고 눈으로 보기만 하기로 하고
대신에 나는 가슴으로 들어갔다
들어가,
아침 바람 찬 바람에······
가슴과 노래하며 놀았다

＊무한시: 중국 호북성 성도. 인구 850만. '한강', '한양'의 이름이 지금 그
대로 있어 주목된다.

중국 기행 12
―무한 변두리

먹고 살기 힘들었던 전후의 우리나라
초근목피(草根木皮)가 골목에서 걸어나오고 있다
초근목피가 머금고 있던 칙칙한 어둠도
세멘 벽돌 사이로 비집고 나온다
변두리 사람들
그들의 얼굴이 초근이다 그리고 목피다
어깨 무거운 걸음걸이가 있는 희망 다, 길목 어디쯤에
버리고 오는 중이다
사람이 사람일 수 있다는 것이 부끄러움이다

중국 기행 13
─웃통 벗은 사내들

웃통 벗은 사내가 새까맣게 타서
사람들 속에 섞여 있다
쌀밥에 섞여 있는 검정콩 같다

웃통 벗은 사내가 웃통 벗은 채로 가마 곁에
쪼그리고 앉아 있다
그 사내의 가마 타고 갈 사람 있을 것 같지 않다

웃통 벗은 사내가 대형차를 세워 놓고
엔진을 손 보고 있다
언제쯤 엔젠이 다 고쳐질까 그 사이
햇볕 세례 아래 뒷등의 살갗 물러내릴 것 같다

웃통 벗은 사내들 양반은 아니리라 아침 인사 한 토막
말 시켜 볼까
말의 씨가 있는지 씨는 없고 껍데기만 있는지
껍데기의 부스러기만 날아다니는지 날아다니다
마는지
노래 한 소절 뽑으라 할까

가사에 충실한지 박자에 충실한지
이도 저도 아닌지
흘러간 노래에 나무 한 그루 세워 놓고 바둑 한 수
두는지

낮잠 한 푸대 푸는지, 비 한 줄 내리고 비 속에
남가일몽 젖는지

웃통 벗은 사내가 새까맣게 타서, 은폐의 밀림에서 나와
빨치산이 된
빨치산으로 사는,

중국 기행 14
—마오 쩌뚱*

내 이 본없이 넓어빠진
중국에 와서
누구와 술 한 잔 하겠는가
마오 쩌뚱
내 그대 불 같은 사상은 잘 모르겠으나
그대 인민의 이름으로
악양루 난간에 걸터앉아, 그대 더불어
배갈 한 잔에 얼큰해 지고 싶네
한나절 얼큰해져서, 그대 시와 내 시가 빗속으로
섞여 들어가서, 잇빨이 허물어져서,

흰머리 귀밑, 나부라져서,

* 중국의 최고 지도자 모택동(1893-1976).

중국 기행 15
―백거이 초당*에서

백사마,
그대 어찌 꽃길을 따라 꽃길에다 문자를
바치는가

산능선 내리고
도랑에서 흘러내리는 길목 한쪽에
색시 같은 초당을 짓고

그대 어찌 풀과 풀잎과
나무와 나뭇잎의 수런거리는 미담에다 문자를
바치는가

정작으로 흘러온 그대 사마의 길이, 좌천의 길이
아프고
그대 바라던 세상이 풍토병 자욱이 젖고
살이 헐리고
손가락 헐렁거리다 빠지는 소리나는데

그대 어찌 유유히, 산겨드랑이 살 냄새로 요망한
것들에 젖어 있는가
밤처럼 깊도록 젖어 있는가

비는 내리고 그대 초상 흐려 보이고
그대 등 뒤에

작은 당나라
우산도 없이 웅크리고 있다

  * 백거이(白居易; 772-846): 당나라 시인. 자는 낙천, 호는 향산거사. 당나라
조정에서 의분에 찬 발언을 하다가 권세가들의 미움을 사 여산이 있는 강주
(지금의 구강시) 사마(司馬)로 좌천되었다. 늦은 봄 여산 대림사에 왔다가 꽃
길을 발견하고 '대림사도화'라는 시를 짓고 돌위에 화경(花徑; 꽃길) 두 글자
를 새기고 그 옆에 초당을 지었다.

나 보기와 세상 보기

―물정 姜熙根 詩 몇 마리

신경득(평론가 · 경상대교수)

『탈무드』에는 짧은 이야기 한 토막이 실려 있다.

소년이 랍비에게 물었다.

"랍비여 가난한 사람들은 서로 돕고 의지하며 사는데 부자들은 돈이 많으면서도 왜 남을 도울 줄 모를까요?"

랍비는 소년에게 창밖을 보라고 하였다.

"무엇이 보이느냐?"

"어떤 사람이 또 다른 어떤 사람과 이야기하는 것이 보입니다."

랍비는 소년을 벽에 걸린 거울 쪽으로 데리고 가서 거울 앞에 서도록 했다.

"이번엔 무엇이 보이느냐?"

"제 얼굴과 몸이 보입니다."

"바로 이런 이치란다. 유리창이나 거울은 모두 유리로 되어 있지만 거울은 그 뒷면에 칠한 수은이 유리를 막아서 앞에 있는

모습밖에 보이지 않는 법이지. 이처럼 돈이 많아지면 마음이 쉽게 닫혀버려 다른 것은 볼 수 없게 되는 것이란다."

마르크스는 돈을 '세속적 하느님'이라고 하였다. 자유 시장 경제 아래서 사람들은 돈을 경배하고 찬양하며 아부와 따리를 붙이며 산다. 『탈무드』에서 소년의 의문이나 랍비의 답변은 너무나 당연한지도 모르겠다.

평범한 사람들은 유리 뒤에 수은을 발라 자신의 얼굴이나 몸을 본다. 시인은 수은을 바르는 대신 대상을 변용하거나 사물을 기형화시킨다. 때로는 굴절과 왜곡도 서슴지 않는다. 그리하여 시는 '낭만적 허위'나 '감상적 거짓'이 된다.

조지 산타야냐는 빛깔 없는 유리를 통과한 빛을 산문이라 하고 빛깔 있는 유리를 통과한 빛을 운문이라고 한 바 있다.

거울에 비친 자아는 이드이고 투명한 유리를 통하여 본 세상은 에고이다. 장·폴·사르트르의 표현을 빌린다면 이드는 즉자이고 에고는 대자가 될 터이다.

나이는 허무가 아니다 연줄이다
우리의 소망 푸른 하늘로 띄어 올리는
세월 버티는 줄이다

톱밥처럼 잘디잔 지상의 일들
해지면 지는 그늘로 다 쓸리고
우리의 기쁨과 슬픔이 개미처럼 장날처럼
줄 짓거나 떼떼로 우글거릴 때

공터에 가 띄우는 깃발 같은
연

머릿살은 여인의 가지런한 이마
나르고 달리고 여한 없이 치솟는다

나이는 늙음이 아니다 연줄이다
하늘 가까이 다가가는 길이 밝고
가늘지만
발밑에 떨어지는 것들은 이슬뿐
반짝거리는 것들은 모두 아름다운 것이 아니다

아 연자새에서 줄이 풀려 나간다
팽팽하다
바람과 새 이리 저리 날아다니며 아는 척
해 오지만
연줄은 한 번도 풀이 죽지 않았다
　　—강희근 「나이」 전문

　시에서 얼레를 잡고 있는 즉자는 거울에 비친 자아이다. 거울
에 비친 자아는 허무이고 늙음이다. 그런데 시인은 자아를 하늘
높이 내어던진다. 하늘 높이 내어던진 자아가 바로 연인데 그
연은 깃발이고 여인의 가지런한 이마이다. 즉자의 세계는 잘디
잔 톱밥이고 개미처럼 우글거리는 기쁨과 슬픔이다. 대자는 연
처럼 나르고 달리고 치솟는 세계이다.
　그런데 늙음과 허무인 즉자와 나르고 달리고 치솟는 대자를
이어주는 줄이 연줄이고 바로 하늘로 가는 길이다. 말하자면 나
이란 연줄이 되는 셈이다. 연이 땅으로 떨어질 때는 얼레를 감
아 연을 하늘 높이 떠올리고 연이 높이 올라갈 때는 얼레를 풀
어 수평을 잡는다. 그런 의미에서 연줄은 경륜이고 수기(修己)
이다. 시인이 나이가 늘어가면서도 팽팽한 긴장과 풀이 죽지 않

는 기개를 다스릴 수 있었던 지혜는 연줄을 조율할 줄 아는 중
도와 중정이라고 볼 수 있다. 아울러 투명하게 하늘 높이 떠 있
는 대자의 세계인 연을 즉자의 세계에 돌려 겨눔으로써 하루가
신선하게 된다.

시인의 경륜과 수기를 부처의 제자들은 부정할지도 모른다.
왜냐하면, 바로 연줄을 끊어버리는 지혜만이 참다운 나를 볼 수
있는 지름길이라고 믿기 때문이다. 연줄이 끊어진 연은 창공을
향하여 드높이 날아오르거나 땅으로 곤두박질치고 말 것이다.
부처의 제자들은 하늘 높이 올라 열반을 체험하거나 땅바닥에
문드러져 무관지옥을 겪게 될 것이다.

그런데 하정은 과감하게 연줄을 끊어버렸다. 마땅히 창공 더
높이 날던 연은 땅바닥으로 곤두박질 쳐야 옳았다. 이상한 일
이다. 연줄이 끊어진 연은 오히려 수평과 균형을 유지하고 있
다. 뿐만 아니라 즉자의 세계가 대자의 세계로 던져지면서 시
는 객관화되고 투명해진다. 그러한 보기의 대표적인 시가 「잡
초」이다.

처음부터 잡초로 나는 풀은 없다
반듯한 풀이 다른 데 가 섞이면
반듯한 풀이 마당가 같은 데 가 자라면
그대로 설명없이 잡초가 된다
잡초가 되고 나서
반듯한 풀이라 주장해도 들어주는 이
없다
잡초가 되고 나서
자라는 풀의 의미를 강조해도 들어주는 이
없다

풀은 풀이지만 잡초로 사는 풀은

소리없이 뽑히거나 단죄 없이

잘려나간다

풀은 풀이지만 잡초로 크는 풀은

정해진 수명을 거치거나 예고된 방식으로

생애를 마치거나 할 수가 없다

아, 처음부터 잡초로 나는 풀은 없지만

잡초는 있다

잡초로 나는 풀은 없지만 잡초는

무성하다

　　　　　—강희근 「잡초」 전문

　시에서는 잡초와 반듯한 풀이 길항관계를 이루고 있다. 잡초와 반듯한 풀 가운데 어느 쪽에도 우월한 가치를 두지 않는다. 그런데도 세상 사람들은 반듯한 풀을 왜 잡초라고 부르는 것일까. 시는 환경이 반듯한 풀을 잡초로 만든다고 보는 것 같다.

　땅에서 돋아난 반듯한 풀이 마당가 같은데 가 자라면 잡초가 된다고 한다. 마당가뿐이겠는가. 논두렁과 밭두렁 또는 언덕이나 산야에서 자라는 풀은 모두 잡초가 된다. 잡초가 된 뒤에 자신이 잡초가 아니라고 반듯한 풀이라고 항변을 해도 아무도 들어주는 이가 없다. 그냥 잡초일 뿐 잡초의 가치를 말해도 들어주는 이가 없다. 잡초일 뿐이다.

　이렇게 자라난 잡초는 소리 없이 뽑히거나 단죄 없이 죽어가게 마련이다. 정해진 수명을 누릴 수도 없고 예고된 방식으로 생애를 마칠 수도 없다. 그것이 잡초의 운명이다.

　시인의 세상보기는 잡초에 가탁하여 민초를 보고 있다. 민초의 삶이란 어떤 것인가. 아무리 반듯한 민초일지라도 자라는 환

경에 따라 민초일 뿐 반듯한 풀이 되지 못한다. 민초는 소리 없이 뽑히거나 단죄 없이 잘려나간다. 그뿐인가. 단화와 군화에 짓밟히고 으깨지고 터진다. 시퍼런 조선낫을 거머잡은 손목 아래 깎이거나 잘려나간다. 민초는 기약된 행복이 없고 약속된 수명이 없다.

그러나 그것이 잡초의 운명이라고 단정 지을 수는 없다. 바닥으로만 기는 잡초가 있는가 하면 하늘로 솟구치는 잡초가 있고 솟구친 잡초를 감아 도는 잡초도 있다. 잡초는 어깨를 걸고 서로 기대고 버티며 하늘로 솟구치며 산다. 바람이 불 때는 창칼이 되어 하늘을 찌르고 세상을 자른다.

잡초는 이 땅의 수호자이다. 장마가 질 때는 온몸으로 토사를 막아주고 가뭄이 들 때는 습기를 품어 먼지나 바람을 막아준다. 굳은 땅에 깊은 뿌리를 내려 지렁이처럼 흙을 메어 새싹을 돋게 하고 마침내는 제 몸이 썩어 한 줌 거름이 되니 밀알을 키워내는 자양분인 셈이다.

또한, 민초는 나라의 수호자이다.

그럼에도 민초는 햇살 좋은 영일이 없다. 「벌초」에서 잡초는 바람에 쏠리거나 '칡넌출' 에 짓눌리거나 키 작은 나뭇가지에 상체가 뒤틀린 채 무덤을 덮고 있다. 잡초는 뽑힌 자 되어 풀깎기 펑펑 돌 때마다 댕강댕강 모가지 잘려 나가고 있다. 피를 흘리며 쓰러지고 있다. 무지막지하게 목이 잘려 나간다.

푸른 것들은 순교처럼 목이 잘려 나가지만 색깔은 변하지 않는다. 타작마당 벼 '모가미' 풀풀 날리고도 눈 부릅뜬 채 색깔 바뀌지 않는다. 그것이 잡초의 싱싱한 생명력이다.

하정 강희근은 1943년 왕산 아래 마을인 화계리에서 태어나 엄천강 물 굽이로 목을 축이며 자라났다. 지리산 속 잡초로 출생한 하정은 천왕봉을 우러르며 마침내 시인이 되었다. 하정은 지리산 시인이다.

「산」이 하정을 향할 때는 그대로 높다란 산이고 천년 햇빛을 닦고 있는 한 개의 절간이 된다. 산이 하정으로부터 등을 돌릴 때 하정은 잔챙이 피라미이거나 물속 부영양화된 잡초일 뿐이다.

남명 조식이 덕산에 들어가 산천제를 짓고 허리에 방울을 찬 채 말을 잊고 살았던 것처럼 하정은 지리산 산빛으로 말을 할 뿐이다. 매천 황현이 노고단 아래서 먹을 갈아 절명시를 썼던 것처럼 하정은 지리산의 입을 빌어 절규하고 함성을 지르며 통곡한다. 남명과 매천이 지리산에 들어가 포부가 큰 사람이 되었던 것처럼 하정도 지리산 자락에서 잡초가 아닌 장부시인으로 거듭나게 된다

보게나 저 천석들이 종을	請看千石鍾
크게 치지 않으면 소리가 나지 않는다네	非大扣 無聲
어쩔거나 두류산처럼	爭似頭流山
하늘이 울어도 울지 않을까	天鳴猶不鳴

　　―曹植「題德山溪亭柱」

남명의 대자는 천석종이고 지리산이다. 천석종은 하도 커서 크게 치지 않으면 소리가 나지 않을 정도이다. 지리산은 웅장한 자태를 틀고 앉아 벼락이 때리고 천둥이 치고 장대비를 쏟아 부어도 울거나 꿈쩍도 하지 않는다. 천석종과 지리산이 그대로 남명에게 투사될 때 그것은 바로 즉자가 된다. 그리하여 남명은 절벽처럼 우뚝한 장부로 서게 된다.

남명의 대자가 지리산이었던 것처럼 하정의 대자도 지리산이다 「등정」은 지리산을 대자로 삼는 하정의 대표적인 시 가운데

한 편이다.

　　그 자락 아래
　　한지를 뜨는 마을에 눈이 내리면
　　얼굴을 숨겨 놓고 기끼이 오지 않던
　　천왕봉이
　　눈빛으로 마을산을 넘어오곤 했다
　　칡넌출처럼 그 뼈알로 치달아 오르지
　　않고서도 자라서

　　근동으로 한참을 떨어져 나와
　　천왕봉을 오르는 이들보다
　　더 오래 더 많이
　　천왕봉을 말하며 살다가

　　아, 헬리콥터 한 대를 만나서는
　　눈 내린 마을산을 넘어
　　그 봉우리가 내려오던 자리를 더듬어 가
　　보았는데

　　지게 지고 나무하러 가던
　　우리집 애기머슴 마음으로
　　더듬어 가 보았는데
　　그 아래 작은 봉우리들이 한지의
　　뜨개로 있고

　　뜨개 위 우뚝이 있는 천기의 천왕봉이
　　천상 한지 한 장

미사포처럼 쓰고 있었다
　─강희근 「등정」 전문

　시의 공간은 두 군데로 볼 수 있다. 하나는 시인이 헬기를 타고 가는 천공적 이미지 공간이고 다른 하나는 한지 뜨는 마을에서 애기머슴이 나무를 하러 가는 지상적 이미지 공간이다. 천공적 이미지는 광활하고 거칠다. 지상적 이미지는 막혀 있으나 부드럽다.

　애기머슴이 지게를 지고 나무 하러 올라가던 지리산은 시의 첫 도막에 아름답게 형상화되어 있다. 애기머슴이 나무를 하러 갈 때 한지 뜨는 마을에는 눈이 내렸다. 시의 핵심 이미지는 얼굴을 숨겨 놓고 가까이 오지 않던 천왕봉이 눈이 내릴 때만 슬며시 눈빛으로 마을산을 넘어온다는 데 있다. 이러한 천공적 이미지는 칡넝쿨처럼 그 비탈로 치달아 오르지 않고서도 자라서 슬며시 넘어오는 지상적 이미지가 보강ㆍ생략되면서 절정에 이르게 된다.

　무명 수건을 눌러 쓴 천왕봉 무릎 아래 지란처럼 젖줄을 물고 살던 시인은 천왕봉에서 아주 멀리 또는 근동에서 살아왔다. 비록 천왕봉을 떠나 가까이서 멀리서 살아왔지만 천왕봉을 오르는 사람보다 시인은 천왕봉을 꿈꾸고 노래하고 탄식하였다. 그러는 동안 시인은 천왕봉을 닮아가고 있다는 사실을 까맣게 모르고 살아왔다.

　이제 시인은 애기머슴이 나무하러 지리산에 오를 때처럼 조심스레 헬기 한 대를 얻어 타고 한지 뜨는 마을에서 눈 내린 마을산을 넘어가게 된다. 바로 천왕봉이 내려오던 그 자리 봉우리를 더듬어 올라가게 된다. 그 봉우리 아래 작은 봉우리들이 한시 뜨개도 있나. 중봉이나 하봉 능 연봉일 터이다.

닥나무 껍질은 가마솥에 삶고 흐르는 물에 몸을 씻고 방망이로 얻어맞으면서 눈빛으로 바래어 마침내 지발에 누워 희디 흰 한지가 된다. 그런데 지리산 애기봉이 한지 뜨개로 떠올라 흰빛을 둥글게 둥글게 바라고 있다.

한지 뜨개 애기 봉우리 위로 천기의 천왕봉이 미사포처럼 한지를 쓰고 그곳에 있었다. 거칠고 광활한 천상적 이미지와 질기고 부드러운 지상적 이미지, 한지 뜨개가 서로 만나 극적인 감탄을 연발하는 순간이다. 그러나 시인은 목소리를 낮추어 천왕봉의 기개를 나지막하게 말할 뿐이다. 목소리가 낮다고 하여 천왕봉이 낮은 것은 아니다.

대자인 지리산이 남명에게 다가가 즉자가 되었던 것처럼 대자인 천왕봉이 하정에게 다가가 즉자가 되었다. 천왕봉은 하정의 어머니인 셈이다. 천왕봉은 하정의 종교이고 신앙이다.

이제 하정이 국립대학 교수라는 자리를 떠나 고향 왕산 아래 하정시사를 고치고 초야로 돌아간다고 한다. 예순다섯 해 동안 하정을 옥죄던 고삐와 굴레를 벗고 자유로운 몸이 되어 천왕봉으로 좌정한다고 한다. 천왕봉에 흰 눈이 내리면 한지 뜨개 그 흰 빛깔로 애기봉을 넘어서서 우리에게 다가올 줄 믿는다.

* 편집자 주: 이 비평글은 강희근 교수 정년기념호 「경상어문학」에 실린 글이다. 강 교수의 근작시편들을 다룬 비평이지만 이 시집의 시편들과 연속성을 이루고 있는 것들에 대한 글이기에 여기에 재수록한다. 그 뜻을 혜량해 주시길 바란다.